AF296820

LES

VÊTEMENTS DE SOIE FINE

Au sujet d'Oran

et de la Péninsule espagnole

Les Vêtements de Soie fine

AU SUJET D'ORAN

ET DE LA PÉNINSULE ESPAGNOLE

POÉSIE

du Cheikh Mohammed ABOU-RAS En-NASRI

TRADUCTION

PAR

Le Général G. FAURE-BIGUET

ALGER

IMPRIMERIE ORIENTALE P. FONTANA, RUE D'ORLÉANS, 29.

1903

INTRODUCTION

Le Cheikh Mohammed Abou-Ras en-Nasri, de Mas-
cara, a laissé une autobiographie dont j'ai traduit et
publié les parties essentielles dans la *Revue Asiatique
de 1900*. On y trouve la liste de ses ouvrages, parmi
lesquels figurent les Commentaires de sa Cacida sur la
prise d'Oran. Le titre de ce poème se présente avec les
variantes suivantes :

اكلل السندسية فى شان وهران واكجزيرة لاندلسية

اكلل السندسيـــة فيما جرى بالعدوة الاندلسيـــة

*Les manteaux de soie fine, au sujet d'Oran et de la
Péninsule Espagnole.*

Un texte de cette cacida se trouve dans le Commentaire traduit et publié par M. Arnaud. Celui que je
donne ici est emprunté à un autre Commentaire; il

diffère très sensiblement du précédent; il présente de l'intérêt parce qu'il peut être considéré comme la dernière édition de son œuvre donnée par le poète. Pour comprendre sa genèse, quelques explications sur les divers textes du poème et sur ses commentaires seront utiles.

Il existe, à ma connaissance, trois Commentaires que je désignerai par les lettres A, B, C. Le texte que je donne ici est extrait du troisième Commentaire C.

A — La traduction de ce Commentaire a été publiée par M. Arnaud. Je ne connais pas le texte qui lui a servi. On en trouve une variante à la Bibliothèque Nationale, sous le n° 4618. Le titre est : عجائب الاسفار ولطائف الاخبار *Voyages extraordinaires et nouvelles agréables*. Il y a sans doute une fin de titre qui n'a pas été donnée.

La Cacida contient 118 vers. M. Arnaud n'en donne que 117 ; mais il est facile de voir qu'il en manque un après le quarantième vers. Le voici tel que je l'ai trouvé dans une copie du poème appartenant à M. Guin :

اول العـــــام من القـــرن ثانى عشـــر

جمع اسماعيـــل لها اقاصى السـ‍ـــــوس

Dans les premières années du XIIe siècle, Ismaïl réunit contre elle les forces des parties du Soûs les plus éloignées.

Ce vers est indispensable ; c'est le seul où l'on trouve le nom du Sultan Ismaïl, qui donne lieu cependant à six pages de commentaire (p. 119 à 124). Le premier hémistiche est obscur ou incorrect ; on en verra plus loin l'explication.

Le Commentaire a été écrit du vivant du bey Mohammed, qui mourut en 1796. Cela résulte de plusieurs passages ; dans l'un d'eux notamment, page 100, le poète souhaite au Bey une vie opulente. Il a donc été écrit plusieurs années avant le voyage de Bou-Ras au Maroc, qui eut lieu en 1801 et 1802.

B — Le manuscrit existe à la Bibliothèque Nationale, sous le n° 4619. Il y a quelques années, quelqu'un qui connaissait l'écriture du Cheikh, m'a assuré qu'il était de sa main. Je n'ai pu savoir comment il était arrivé à la Bibliothèque Nationale ; d'après son examen, j'ai lieu de croire que c'est celui qui a appartenu au général Dastugue. Les dernières pages sont mutilées. J'ai vu en Algérie deux manuscrits, qui s'arrêtent court précisément au point où commencent les mutilations ; ils dérivent donc de celui de la Bibliothèque Nationale (1). L'un d'eux appartenait au muphti d'Oran, Si Ali ben Abd er-Rahman ; il mérite d'être signalé pour le cas où il tomberait sous les yeux de quelque érudit : c'est un chef-d'œuvre de calligraphie ; il est fidèlement copié. Cependant le copiste, qui était un homme instruit et pieux, a cherché à rectifier des mots douteux ; il a ajouté quelques mots utiles, mais non indispensables pour l'intel-

---

(1) Voici une autre preuve matérielle de cette origine. Le manuscrit de la Bibliothèque Nationale a été rogné à la reliure, et un mot qui était en marge a été tronqué, de telle sorte qu'il est difficile d'en supposer la fin. Dans les deux manuscrits dont je parle, on a laissé en blanc la fin de ce mot.

.ligence du texte, et un grand nombre de formules pieuses, telles que رضى الله عنـــــه , رحمـــه , الله . , etc. Tant qu'on n'aura pas trouvé un manuscrit donnant intégralement les parties mutilées, celui de la Bibliothèque Nationale devra être considéré comme étant la source de tous les autres.

La Cacida contient 135 vers. Un quart de ceux-ci se retrouvent sans changement dans la Cacida A ; environ la moitié s'y retrouve avec des modifications plus ou moins importantes ; le reste est entièrement nouveau. Pour les nouveaux vers, le poète ne s'est pas mis en frais d'imagination ; dans le but de donner prétexte à ses récits historiques sur l'Espagne, il aligne des noms propres dans des vers du genre de ceux-ci :

فطـــان اقطـنــا بلنـسيــة

مريــة فبطلــة يفــور بطليــس

لوشـة بلشـة يحصــب بسطمـة

وشنتريـن اشنـرى منا بالبخـس

La Catalogne, où ils nous réduisirent en servitude, puis Valence, Almeria, Cabtal (l'isla Mayor), Yacour, Badajoz.

Ils nous ont acheté à vil prix Loja, Velez, Yahoib (Alcala la Réal), Baza et Santarem.

Un autre vers contient à lui seul neuf noms de villes. Ces théories de noms propres ne sont ni poétiques ni harmonieuses ; mais elles convenaient bien au but poursuivi ; elles avaient aussi l'avantage de faire naître l'occasion d'un grand nombre de jeux de mots que l'auteur saisissait avec empressement. La Catalogne et Santarem nous en offrent des exemples dans les deux vers ci-dessus. Le vers qu'on trouvera ci-après, sous le n° 47, est consacré à jouer sur les noms de couleurs, le n° 159 à jouer sur les termes grammaticaux.

Le Commentaire est surtout consacré à l'histoire d'Espagne ; cependant on y trouve un peu de tout, depuis le schisme de Samarie jusqu'à Napoléon. Il a été composé après 1814, car la paix qui termina enfin les les luttes des Espagnols et des Français, sous l'Empire, y est mentionnée ainsi que l'expulsion de ces derniers. Il est donc postérieur à A. On y lit le passage suivant :

وقد كنت كلبت بشرحها ...... وقد بيضته فى مرتيل مرسى تيطوان لما بعثنى من هناك السلطان سليمان ..... ثم ثنيت عنان القلم ثانيا ...... وسميته الخبر المغرب عن الامر المغرب الحال بالاندلس وثغور المغرب كما سميت الشرح الاول روضة السلوان المؤلفة بمرسى تيطوان

J'avais entrepris de faire un Commentaire de ce poème(1).... *je l'avais rédigé (ou copié) à Martil, port de Tétouan, quand le Sultan Soleïman m'y envoya pour m'embarquer.... puis j'ai tourné la bride à ma plume pour faire un second commentaire que j'ai appelé :*

____

(1) Les parties représentées par des points ne contiennent que des répétitions, ou des éloges du Sultan ou de la Cacida elle-même.

« *Récit explicatif des choses remarquables arrivées en Espagne et dans les places du Mag'reb* », de même que j'avais nommé le premier : « *Jardin de la Consolation, composé dans le port de Tétouan* ».

Ce passage est clair ; il nous donne le titre du Commentaire B ; mais à le prendre au pied de la lettre, le premier Commentaire aurait été composé au Maroc, c'est à dire en 1802, sous le titre *Jardin de la Consolation*, tandis que nous en connaissons un, le Commentaire A, *Voyages extraordinaires*, qui a été composé avant 1797.

Voyons si l'autobiographie va éclaircir la question : Bou-Ras y mentionne l'incident du *Jardin de la Consolation*, composé ou copié à Martîl, dans le but d'obtenir une récompense du Sultan Soleïman ; mais il ne fait à cette occasion aucune allusion à ses autres ouvrages du même genre. Plus loin, dans la liste générale de ses œuvres, les titres se succèdent, simplement séparés par la conjonction و, et comme ils se composent généralement chacun de plusieurs parties séparées par la même conjonction, il est souvent difficile de distinguer un titre du suivant. On y lit :

والنظم المسمى باكلل السندسية فيما جرى بالعــدوة

الاندلسية وشرحيها الاول القصص المغرب عن الخبر المغرب

عما وقع بالاندلس وثغور المغرب والثانـى غريب الاخبار

عما كان بوهران من الاندلس مع الكبــار ورضوة السلوان

المؤلفة بمرسى تيطوان الخ

*Et le poème intitulé « Les manteaux de soie fine, sur
ce qui est arrivé dans la Pénisule Espagnole » et ses
deux Commentaires, le premier : « Récit explicatif des
choses surprenantes arrivées en Espagne et dans les
places du Mag'reb », et le second « Histoire extraordi-
naire de ce qui est arrivé à Oran et en Espagne avec les
Infidèles », et le « Jardin de la Consolation, composé
dans le port de Tétouan », etc.*

Ainsi Bou-Ras annonce deux Commentaires et il
donne trois titres, en sorte que, si nous ne savions pas
que le troisième titre, *Jardin de la Consolation*, est
aussi celui d'un Commentaire, nous croirions que c'est
un ouvrage tout différent qui vient à son rang dans la
nomenclature générale. Remarquons aussi qu'aucun des
deux premiers titres donnés n'est identique à un de
ceux que nous connaissons déjà. Mais ces différences
n'ont pas de quoi nous étonner sous la plume d'un
auteur arabe, et de Bou-Ras moins que de tout autre.
Dans le premier titre on reconnaît celui de B, et dans le
second celui de A ; seulement, par une de ses inadver-
tances habituelles, l'auteur les met dans l'ordre inverse
de l'ordre chronologique. Je ne vois qu'une explication
qui rende assez bien compte de ces anomalies.

Bou-Ras compose d'abord un premier Commentaire
A, *Voyages extraordinaires*, qui est celui de M. Arnaud.
Il l'écrit du vivant du Bey Mohammed, sans doute avec
l'espoir d'une récompense. Cependant peut-être eût-il
une déception de ce côté, car je ne le vois nulle part
vanter la générosité du Bey Mohammed, comme il le
fait pour celle du Sultan Soleïmân. Plus tard, en 1801
et 1802, il se rend à Fès, où il fait hommage de plusieurs

ouvrages au Sultan. Au moment du départ, retenu à
Martil par les vents contraires, il songe à mettre encore
à profit la générosité du Sultan ; à cet effet il recopie
(بيّض) ce Commentaire A, qui lui avait peut-être valu
une déception ; mais il en change le titre et l'appelle
Jardin de la Consolation, ce qui a le double avantage
d'avoir un air d'actualité et d'appeler par la rime en أولي
les noms de Sultan et de Soleïmân. D'après ce que nous
savons de ses habitudes de travail, il est permis de
croire qu'il remania son Commentaire et quelques vers
de sa Cacida, de manière à y introduire à l'adresse du
Sultan quelques uns de ces éloges hyperboliques dont
il est si prodigue dans l'autobiographie. Il aurait été
bien difficile de composer un ouvrage entièrement nouveau, car il fallait se hâter pour que la récompense
espérée eût le temps d'arriver avant le départ du navire.
Elle arriva en effet. L'ouvrage envoyé à Fès s'y trouve
probablement encore dans quelque bibliothèque.

Plusieurs années plus tard, après 1814, Bou-Ras vou-
lant mettre à profit ses connaissances sur l'histoire
d'Espagne, remanie sa Cacida par le procédé indiqué
plus haut, et lui adjoint le Commentaire B, qui est le
second. Il y mentionne dans la phrase citée ci-dessus le
Commentaire A, en l'appelant seulement par ce titre,
Jardin de la Consolation, qui lui rappelait un souvenir
agréable.

Enfin, dans l'autobiographie écrite après 1818, il
donne dans leur intégralité les titres de ses ouvrages
historiques, afin d'indiquer à quelle partie de l'histoire
se rapporte chacun d'eux. C'est ainsi qu'il donne les
titres complets des Commentaires A et B ; seulement il
le fait par à peu près, et dans l'ordre inverse de l'ordre

chronologique; c'était là le moindre de ses soucis ; puis,
se rappelant que le Commentaire A s'appelait aussi
Jardin de la Consolation, etc., il mentionne également
ce titre pittoresque qui lui rappelait le souvenir agréable
du port de Tétouân. Le و qui sépare ce titre de غريب
الأخبار الجـ doit être compris dans ce sens que le Commentaire A portait ces deux titres. C'est ainsi qu'après
avoir annoncé deux Commentaires, l'auteur donne trois
titres.

C — Enfin il existe un troisième Commentaire, que je
connais par une copie moderne appartenant à M. Delphin.
Une note placée à la fin annonce que le manuscrit
a été copié sur un autre, lequel avait été directement
copié sur l'original, et que l'original, de la *noble* main
de Bou-Ras, ne portait pas de date, suivant l'habitude
invariable de l'auteur.

Je n'ai donc eu qu'un texte de troisième main. Le
titre est :

عجائب الاخبار ولطائب الاسفار

فيما جرى بوهران والاندلس للمسلمين مع الكبار

*Récits extraordinaires et voyages agréables, au sujet
de ce qui est arrivé aux Musulmans de la part des Infidèles, à Oran et en Espagne.*

C'est un composé des titres de A et B, et, en effet, cet
ouvrage est un composé des deux premiers.

La Cacida comprend 181 vers ; sur ce nombre :
19 se retrouvent identiques dans A et dans B.

9	—	—	A et modifiés dans B.
24	—	—	B et modifiés dans A.

20 se retrouvent identiques dans A et n'existent pas dans B
28   —   —   B et n'existent pas dans A
13   —   modifiés dans A et dans B.
35   —   —   A et n'existent pas dans B
25   —   —   B et n'existent pas dans A
8 sont entièrement nouveaux.

Tous les vers de la Cacida A, où l'auteur se mettait personnellement en scène, ont été supprimés. Ceux de la Cacida B ont été allégés d'un bon nombre de noms propres. Ainsi un des vers cités page VI est devenu :

$$\text{لــوشــة بلــشــة وزد لهــا بـسـطـمـة}$$

$$\text{وشنتـريــن اشنـــري منـا بالبــخـس}$$

Yahcib a été jeté par dessus bord. Certaines mutilations ont été adoucies ; ainsi تير abréviation de انفلتيــرة l'*Angleterre*, est devenu فلتنيرة. Le premier hémistiche du 41ᵉ vers de la Cacida A, cité page IV, a été ainsi modifié :

$$\text{وبعد الف ومائة فى نفط يـــب}$$

Dans la douzième année qui suivit l'an 1100, ce qui est à la fois plus clair et plus exact. La comparaison des vers ainsi modifiés pour être rendus plus corrects ou plus élégants ne manque pas d'intérêt.

Le Commentaire est aussi emprunté aux deux premiers, surtout au second, mais il est beaucoup plus condensé. La plus grande partie des citations sur l'histoire d'Espagne est supprimée. En même temps l'auteur ajoute un peu de nouveau. Des pages entières sont copiées dans les Commentaires précédents. Ce n'est

donc pas une œuvre nouvelle, mais ce n'est pas non
plus une simple copie des deux premiers ouvrages.

Il est curieux de voir ce qu'est devenue la phrase du
Commentaire B, citée plus haut, page IX et relative à
l'ouvrage recopié dans le port de Tétouân. On retrouve
en effet cette phrase, mais ainsi transformée :

وقد كنت كلمت بشرحها .... ثم ثنيت عنان الفلـــم
ثانيا لشرح القصيدة الاولى

*Une première fois j'avais entrepris de commenter ce
poème...... je tournai ensuite la bride de ma plume
pour commenter une seconde fois la première Cacida.*

C'est incompréhensible. Il me semble qu'on prend là
l'auteur sur le fait. Étant occupé à recopier, en l'abré-
geant, cette partie de son Commentaire B, il s'est engagé
sans réflexion dans cette phrase, sans remarquer qu'elle
ne pouvait plus s'appliquer au cas présent. Elle allait le
conduire à donner une seconde fois son titre, qu'il
venait précisément de donner quelques lignes plus haut.
Alors il a tourné court, sans s'inquiéter de nous laisser
au milieu d'une phrase devenue un rébus.

Cet ouvrage n'est pas mentionné dans l'autobiographie, soit qu'il ait été composé après celle-ci, soit que
l'auteur, l'ayant considéré comme une simple fusion des
deux premiers, n'ait pas jugé à propos de le citer comme
une œuvre distincte.

Certains passages obscurs pourraient faire croire que
ce travail de condensation n'est pas l'œuvre de Bou-Ras
lui-même. On y lit des phrases telles que celle-ci :
« Dans certains manuscrits, on lit *tel autre mot* ». On

s'explique difficilement cette phrase dans la bouche de l'auteur ; cependant ce n'est pas tout à fait impossible. Il se peut aussi que ce soit une remarque d'un copiste qui aura été maladroitement incorporée dans le texte : semblables méfaits ne sont que trop fréquents. Dans tous les cas, l'assertion qui termine le manuscrit et que j'ai rapportée plus haut, prouve péremptoirement que l'œuvre est bien de Bou-Ras, et a été écrite primitivement de sa *noble* main.

Les vers qui se retrouvent dans les Cacida A ou B sont marqués, suivant le cas, d'une de ces deux lettres ou de toutes les deux, majuscule quand le vers se retrouve identique, minuscule s'il est modifié. J'ai cru bon d'intercaler 19 vers des Cacida A ou B qui ont disparu de C, mais ils sont écrits en caractères italiques et sans numéro d'ordre. On connaîtra ainsi la totalité de ce que la Muse a inspiré à Bou-Ras sur la prise d'Oran, soit 200 vers rimés en ﺱ, sur le mètre « basith. »

Après les vers 71, 72 et 73, qui sont communs aux Cacida B et C, j'ai cru devoir donner *in extenso* leurs analogues de la Cacida A, parce qu'avec des mots presque identiques, ils offrent un sens général très différent. En principe, pour tous les vers qui se trouvent dans la Cacida A, j'ai adopté le sens proposé par M. Arnaud, sauf quand l'auteur lui-même en a donné un sens différent dans un de ses Commentaires B ou C. On en verra un exemple curieux dans le vers 73.

Gᴬᴸ FAURE-BIGUET.

LES VÊTEMENTS DE SOIE FINE

au sujet d'Oran et de la Péninsule espagnole

⁓⁓

A¹
bi

    1. — Soufllez, ô vents favorables, sur toute la terre de Dieu ; annoncez aux êtres muets en même temps qu'aux génies et aux hommes,

a²
b²

    2. — Aux extrémités de l'Orient et de notre Occident, au nord, au midi, aux arbres et aux plantes,

A³
B³

    3. — Aux flots gonflés des mers et aux habitants de leurs îles, la bonne nouvelle de la prise d'Oran, séjour du polythéisme et de la prostitution.

A⁴
b⁴

    4. — Racontez-leur les malheurs passés. Pendant longtemps Oran a plongé l'Islam dans la perdition.

5. — Dieu nous a permis de revenir à la charge contre elle ; nous avons recouvré une dette qui était tombée dans l'oubli.

6. — Grâce à un héros qui s'est préparé à la guerre en relevant l'izar du vêtement de la victoire dont l'intrépidité formait le rida.

7. — Il ne s'est pas inquiété des conséquences ; il n'a consulté que le sabre et la lance aigüe.

8. — C'est le bey Mohammed Lar[1], le plus vaillant parmi ceux qui s'élèvent par dessus les planètes et le sommet d'Orion.

9. — Lors même que l'espoir ne lui sourit pas, il n'abandonne pas son projet, il en vient à bout à l'aide du sabre et du cheval.

10. — Le chef de ces escadrons les a conduits à la guerre sainte, désireux de se trouver face à face avec ceux qui adorent trois dieux et qui prient au son des cloches.

11. — Armée immense à laquelle rien ne résiste, pour laquelle les plaines de Atlât et de Mafès seraient trop étroites[2].

---

(1) Lar, titre des généraux Turcs.

(2) Atlât en Arabie ; c'est là que furent tués les frères de Beihas mentionné au vers 130. — Mafès ou Mems, lieu où se livra la bataille entre Zoheir ben Queis et Coceïla, non loin de Caïrouàn. 688.

A¹⁰
B¹²

12. — Il a installé ses soldats dans les faubourgs d'Oran, leur nombre dépasse l'imagination.

B¹³

13. — Ils sont tous affamés du désir de combattre ; aucun d'eux ne connait la peur et ne reste en arrière.

B¹⁴

14. — L'aigle ne se mesure pas à la taille de l'outarde qui lui sert de proie, pas plus que le géant à celle d'un chétif avorton.

a¹²
B¹⁵

15. — Que la victoire lui soit aisée ! Il a rempli les environs d'Oran de ses coursiers rapides qui en parcourent les montagnes et les plaines.

A¹³
B¹⁶

16. — Il s'y est installé en vainqueur par l'ordre de Dieu, comme un glaive tranchant et menaçant, ou comme une pluie abondante et bienfaisante.

a¹⁴
B¹⁷

17. — Les Mog'râoua ont bâti Oran par ordre de leurs maîtres, les émirs Omeyades d'Espagne.

A¹⁵
b¹⁸

18. — Khazer le Mog'râoui en jeta les fondements dans le troisième siècle[1], alors que leur trône était dans toute sa puissance.

A¹⁶
b¹⁹

19. — Dans la sixième année du quatrième siècle, les Azdâdja unis aux ʿAdjiça les chassèrent de cette forteresse.

---

(1) En 290 de l'hégire (903). Comm. A.

20. — Puis Yoûçouf et ʿAli[1] chassèrent ceux-ci, comme ils les avaient déjà expulsés du territoire de Fès.

21. — Les Almohades vinrent ensuite; ils grandirent et conquirent Oran au milieu du sixième siècle.

22. — C'était une de leurs meilleures forteresses; elle se révolta contre Abou-Debboûs[2] le dernier d'entre eux.

23. — Ensuite vint la famille des Zeyânites qui eût une longue suite de souverains; leur pouvoir s'étendit jusqu'à Dellys.

24. — A leur époque vivait celui qui fût le pôle, le savant d'Oran, Mahammed[3], cet homme si grand qu'il n'avait pas de rival.

25. — Après sa mort, Mahammed fut remplacé par son disciple Ibrahîm[4] qui s'éleva aussi haut que Jupiter.

---

(1) Yoûçouf ben Tachfîn et son fils ʿAli.

(2) Abou'l Ola Edris el-Ouatiq surnommé Abou-Debboûs, dernier Almohade 1266-1269.

(3) Mahammed ben Omar le Mog'râoui surnommé el Haouâri, savant, poète et thaumaturge d'Oran où il est enterré; mort en 843 (1439); cité par Ahmed-baba. Comm. B et C.

(4) Abou-Sàlem ou Abou-Ishaq Ibrahîm ben ʿAli de Tâza, élève du précédent, également poète et thaumaturge, mort en 1462. Cité par Ahmed-baba. Comm. B et C.

26. — Quand il fit le pèlerinage, il vit venir à lui les habitants de l'Orient, même le plus reculé, comme ceux de Toûs et de Coûmes[1].

27. — Avec une science admirable, il amena à Oran de l'eau qui fut un bienfait pour cette ville.

28. — Pendant le huitième siècle, elle fut gouvernée par le Mérinide Abou'l Hacen[2]; c'est alors que s'accomplit la soumission de Tripoli.

29. — Il construisit le Bordj el-Ahmer qui s'élève au-dessus de toutes les autres constructions, puis le second fort pour défendre les navires du port.

30. — Dans la quinzième année du dixième siècle, les Espagnols, gens du polythéisme et de la turpitude fondirent sur elle.

31. — Les hordes des infidèles ont fortifié ses flancs ; Abou-Calmoûs[3] n'a pu les repousser.

(1) Toûs et Coûmes dans le Khoraçâu.

(2) Celui qui perdit la bataille du Rio-Salado.

(3) Abou-Calmoûs, dernier sultan Zeyanite de Tlemcen ; cette ville lui fut enlevée par les Turcs ; il en vint à appeler le secours des Chrétiens contre les Turcs ; « cette inspiration du démon ne lui servit à rien. » Comm. C. — Il s'agit donc de Zeyàn (1543 à 1550) qui se réfugia en effet à Oran après sa chûte ; mais il avait commencé par être l'allié des Turcs contre les Espagnols. C'est ce qui explique le vers.

a26
b26

32. — Le Duc[1] a ravagé ses deux plaines, lançant ses troupes sur les croyants, sans s'inquiéter de nos héros.

a27
B27

33. — Quand il répandit[2] ses troupes autour de la ville, les environs tremblèrent. L'élévation de ses monuments s'est changée en un triste abaissement.

b28

34. — Leurs pourceaux et leurs croix remplirent la ville qui auparavant était le séjour de la foi.

B29

35. — Combien de fois n'y avait-on pas lu des versets bien authentiques ! Après avoir été pure, Oran est devenue immonde.

A28
B30

36. — On eût dit qu'elle n'avait jamais possédé de ces astres brillants que le public a oubliés depuis, ni de gens distingués et intelligents.

B31

C'est semblable à ce que fit Théophile[3] à l'égard de Malatia. Il en fut puni par l'abaissement, la honte et l'avilissement.

---

(1) D'après l'examen du Commentaire, je ne crois pas que ce titre, qui reparaît plus loin, s'applique à un général Espagnol en particulier. C'était le Capitaine Général. Le Comm. C dit qu'on l'appelait aussi Marquis.

(2) Je ne crois pas que بلاصا doive se traduire ici par assiéger. L'ensemble du texte montre qu'il ne s'agit pas du siège d'Oran par les Espagnols, mais de l'époque qui suivit leur entrée dans la ville.

(3) D'après la date donnée dans le Comm. B, on voit qu'il s'agit ici de l'Empereur Théophile (829-842). Bou-Ras écrit Nofil, probablement par suite de l'oubli d'un point diacritique dans l'auteur qu'il a copié. — Malatia autrefois Mélitène sur le Karasou affluent de l'Euphrate.

37. — Ce Duc a eu le champ libre ; ses
mains se sont étendues pour saisir ce que
ses pieds n'auraient même pas osé atteindre.

38. — Après nous, il remplit la ville de
la lie de Malaga, d'êtres aussi vils que
l'âne et le bouc.

39. — Ses successeurs ont eu la même
conduite ; tous ont imité les rois d'Aragon
et de France,

40. Quand ils prirent la Sardaigne,
Dénia, Palerme, Mazzara (dans) l'île de
Galien[1].

41. — La Catalogne[2], Carthagène, puis
Valence, Almeria où régna Motacim[3] et
Badajoz,

---

(1) Le premier hémistiche s'applique aux victoires de
D. Jayme le conquistador. Dans le Comm. B, Sardenia et
Denia signifiaient les deux grandes Baléares conquises
par D. Jayme. Dans le Comm. C, Bou-Ras revient à des
notions plus exactes : Sardenia est la Sardaigne, et Denia
désigne Mayorque ; c'est cette dernière seule dont il attri-
bue la prise au roi d'Aragon. Le 2ᵉ hémistiche s'applique
à la Sicile ; le premier mot désigne Palerme : les commentaires ne laissent aucun doute à cet égard ; mais il est
toujours écrit بلرم ; ce ne peut être que le résultat d'une
erreur de point diacritique, et de la détestable manière
Africaine d'écrire le د. J'ai rétabli l'orthographe arabe
usuelle.— « Un jour, raconte Galien, ma rate s'était enflée,
et je ne pouvais arriver à la guérir, quand je vis en songe
un ange qui m'ordonna de m'ouvrir la veine située entre
l'annulaire et le petit doigt. » Comm. B.

(2) فطان pour فطلان Catalogne, Comm. B.

(3) Mohammed ben Man el Motacim, roi d'Almeria,

b37 42. — Loja, Velez ainsi que Baza et San-
tärem, nous ont été achetés à vil prix.

B38 *Ibiça s'est desséchée ; sa douceur s'est
changée en rudesse ; les infidèles en ont fait
disparaître toute l'aménité.*

43. — Nous avons quitté Ibiça ainsi que
Mayorque ; plût à Dieu que Yahia[1] fut
venu de Gabès dans ces deux villes.

B40 *Pechina et Guadalajara né pourraient plus
recevoir la R'assâniya[2] qui était aussi
savante que Ibn As.*

a32
b41 44. — Don Ramire le mauvais s'empara
de Tarifa[3] dont ni el-Aftas ni son fils ne
furent longtemps les maîtres.

b42 45. — Malheur sur Séville la belle et sur
Cordoue ! Leurs antiques qualités ont disparu.

---

mort en 1091, quelques jours avant la prise de cette ville
par les Almoavides.

(1) Yahia ben R'aniya venu en 1185 avec son frère 'Ali
de Mayorque en Afrique où il joua un rôle important
jusque vers 1227.

(2) Hafça beut Hamdoùn, surnommée la R'assâniya,
poétesse née à Pechina, tirant son nom de la tribu
Yemenite de R'assân. — Ibn As, savant espagnol. Comm. B.

(3) Tarifa fut prise par Sancho IV roi de Castille en
1292. Ce vers diffère très peu du vers 32 de la cacida A.
Dans la cacida B, il avait été ainsi modifié : « Tarifa et
Ruta d'Ibn Hout ont été enlevés par les infidèles, de même
qu'ils ont enlevé Badajoz aux Beni Aftas ». Cela était plus
exact, puisque Tarifa n'a jamais appartenu aux Beni Aftas.
On ne s'explique pas pourquoi Bou-Ras est revenu à son
premier vers.

B⁴³ *Câcem*[1] *n'a-t-il donc pas chanté la Roçafa de Cordoue, augmentant ainsi dans les âmes le regret de la splendeur passée.*

b⁴⁴ 46. — Baeza, *Comares*, Ubeda, Tortose, Lisbonne, Fraga, Carmona et Cadiz,

B⁴⁵ *Sidonia, « Medrour », « Bachania », Porcuna, « Crites*[2] *» cette fleur de la religion sont aujourd'hui bien loin de nous.*

b⁴⁶ 47. — Algéziras, l'Alhambra, Cora et Ochana, Gibraltar qui est aujourd'hui aux mains des Anglais,

b⁴⁷ 48. — Guadix et le Guadalquivir[3] ont été affligés par la mort et la captivité, ainsi que Chaster et Anvers[4].

B⁴⁸ *Combien vous avez mal agi, ô « Tekhares » et « Batarzadj » ainsi que le cercle d' « Achkounia » et « Bedjanes*[5].

---

(1) Câcem ben Abboûd er-Riahi, poète Cordouan qui composa des vers sur les ruines de la Roçâfa. Comm. B.

(2) Ce nom est écrit فريطنش dans le Nefh et-Tib de Maccari. Comm. B. Il désigne une ville d'Espagne et non l'île de Crète, comme on pourrait le supposer.

(3) لوى ou لك désigne habituellement le Lekk ou Guadalete. Ici il désigne le fleuve de Séville, c'est-à-dire le Guadalquivir. Comm. B. Bou-Ras n'est pas responsable de cette confusion qui avait été faite avant lui par R'azzàli, comme on peut le voir dans le Comm. A.

(4) Anvers, capitale des Flamands. Bou-Ras reconnaît qu'elle n'a jamais appartenu aux musulmans ; mais il a entendu dire qu'ils y percevaient jadis quelques tributs. « Dieu est le plus savant. » Comm. C.

(5) Batarzadj était dans la province de Campo de Calatrava. Achkounia était entre Silves et Lisbonne ; Bedjà-

B⁴⁹   49. — Ibn Mâlik a quitté son Jaen ; ʿAli en a fait de même, ainsi que le grammairien de Séville[1].

b⁵¹   50. — O douleur ! Où est ce royaume des Beni Aʿbbâd qui croyaient ne jamais disparaitre ?

B⁵²   *Où est la postérité de Zeïdoûn et celle de Macîs qui appartenait aux Beni ʿAbbâd ? Où est la postérité d'ʿAmmar qui était l'égal d'Abou-Nowâs[2].*

b⁵⁰   51. — Nous avions cependant vaincu à Arcos, à Zelâca et dans bien d'autres endroits ; mais nous tombâmes ensuite dans l'avilissement.

52. — Depuis que Yoûçouf et Yaʿcoub[3] ont disparu, les hordes des Galiciens et des autres nations se sont enhardies contre nous.

---

nes dans le gouvernement de Guadix. Ces villes ont mal agi parce qu'elles ont été tièdes dans la guerre sainte. Comm. B.

(1) Mohammed ben ʿAbdallah ben Mâlik, auteur de l'Alfiya. — Abou'l Hacen ʿAli ben Moumen ben Mohammed Asfour de Séville, grammairien, élève de Chaloubin. Comm. C.

(2) Abou Bekr ben Zeïdoûn, Ibn ʿAmmar el-Mahri el-Andalouci et Hacen el-Macîs, poètes de la cour de Motamid, dernier roi de Séville. Comm. B.

(3) On pourrait dire les deux Yaʿcoûb, car ce vers pourrait s'appliquer à l'Almohade Yaʿcoûb el-Mançour et au Merinide Yaʿcoub ben ʿAbd el-Haqq. Comm. C. Dans la çacida B, ce mot est au duel. المعفوبان

B54 « *Remima* » et « *Bertania* », puis *Anija,*
Yahçib (Alcalà la real) et Barbastro qui a
été aux mains des troupes de Guillaume[1].

B55 53. — Le bras du Galicien qui autrefois
était emprisonné, s'est étendu frauduleu-
sement jusqu'à Trujillo et *Djalmania.*

b56 54. — Hélas ! Qui me donnera une de
ces campagnes qui dissipent le chagrin,
comme celles de En-Nasri, de En-Nâcer
ou du Merinide[2].

B57 *Saladin a débarrassé la religion des obsta-*
cles qui la gênaient ; Noureddin a été un
objet de terreur suspendu au cou des Francs.

b58 55. — Nos souverains ne se sont plus
occupés que de dépêcher leurs affaires :
ils nous ont dévoré comme l'animal à
l'écurie dévore le grain.

B59 56. — Ils se sont tous détournés de la
guerre sainte contre l'infidèle ; c'est au

---

(1) Remima, village du gouvernement de Grenade. —
Ou peut voir dans les recherches de Dozy que اردليس
est une corruption de الاردمانيين les Normands ; mais ce
nom a fini par être pris pour celui de Guillaume de Mon-
treuil, chef de la sanguinaire expédition de Barbastro.
C'est dans ce sens que l'emploie Bou-Ras.

(2) Ismaïl ben Faradj, roi Nasrite de Grenade 1314 à
1315. — 'Abd er-Rahmàn III en-Nâcer Khalife Omeyade
912 à 961. — Quant au Merinide, c'est Yacoûb ben 'Abd el-
Haqq, 1259-1286. Comm. C,

point que notre grande Égypte a été pré-
cipitée dans l'adversité[1].

57. — Plût à Dieu que nous eussions
une armée comme celle de l'Abedite[2] !
Innombrable ! Mieux vaudrait compter un
tas de lentilles !

B60 *Où est la foi qui délivra de l'impiété notre
Ouâfdjar[3], Orihuela, Arjona et Beja d'Espagne?*

58. — La Péninsule Espagnole vivait
B61 dans la foi ; mais, avec la rapidité de
l'éclair, elle est retournée à la plus horri-
ble turpitude.

59. — Le vent de la victoire n'a plus
B62 soufflé dans ses plaines quand la discorde
a régné entre ses princes.

a33
B63 60. — Pendant des années ils ont été en
rivalité. C'est pour cela que les rois Chrétiens d'Espagne se sont enhardis.

61. — La mort du fils d'Abou-Zeid[4], de
son émule et du héros de la famille
B64 d'ʿAmir[5] les ont rendus audacieux comme
des putois.

---

(1) Allusion à la campagne de Bonaparte en Egypte.
Comm. B.

(2) L'Almohade ʿAbd el-Moumen qui était originaire des
Beni ʿAbed, fraction des Kioùma, tribu des Trâra.

(3) Ouafdjar, ville de la province de Grenade. Comm. B.

(4) L'Omeyade Mohammed I, fils de Abou-Zeid ʿAbd er-
Rahmàn II, fils de Hakam I. Ce fut lui qui gagna la bataille
du Guadacelete.

(5) Le célèbre el-Mançour ben Abi ʿAmir,

A[37]
b[65]
62. — Oh ! Combien ont souffert dans ce pays les signes de la foi ! Ce temps a été comme le sommeil troublé par un cauchemar.

b[66]
63. — Ils nous ont pris Ronda et Malte[1], ces idolâtres chétifs, méchants et méprisables.

B[67]
64. — Zâhira, Zahra, Merida[2], Saragosse, *Castalla* (ou Castille[3]), Calatrava ont perdu toute valeur.

b[68]
65. — Alfonse a anéanti Todmir ; quant à Murcie elle a éprouvé de la part des Français[4] tout ce qu'on peut attendre de gens dignes de réprobation.

B[69]
Sidonia a causé à la foi un violent saisissement ; « Calalès », Uclès, Huesca et Elvira sont dans l'ordure.

B[70]
66. — Tolède fut la première de leurs conquêtes. De el-Haouâri elle est revenue à Alfonse[5].

---

(1) Cet hémistiche est incomplet ; il faudrait probablement lire : Ils nous ont pris Ronda Niebla et Malte. Voir la note du texte.

(2) Merida dans le vers et Lerida dans le Commentaire. Bou-Ras confondait ces deux villes. Comm. C.

(3) Bou-Ras croyait comme beaucoup d'auteurs Arabes, que la Castille avait pour capitale une ville portant le même nom.

(4) Littéralement, les Parisiens. Allusion aux guerres des Français sous Napoléon. Comm. C.

(5) Yahia ben Di'n Noûn surnommé Nàcer ed-Doula, à qui Tolède fut enlevé par Alphonse VI en 1085.

67. — La dernière fut Grenade ; des
b71,73 malheurs et des désastres semblables à
ceux de Júcar fondirent sur elle.

68. — Le roi Chrétien y jeta un regard
B72 dédaigneux sur les Nasrites jadis si puis-
sants et sur Mouaq[1] l'honneur de la ville.

Pélage nous a accablés de calamités aux-
quelles aucune autre ne peut être comparée;
B74 *Narbonne, Pampelune, le château de Pélage*
sont aujourdhui muets.

69. — De quels malheurs le pays de el-
B75 ʿOcab n'a-t-il pas été cause pour nous ! Il
a ruiné les affaires de l'Espagne[2].

70. — Tarifa leur a apporté un beau
présent qui est pour nous une source
B76 d'humiliations et qui nous fait désespérer
de reprendre la Péninsule.

71. — N'avons-nous pas été les maîtres
a34 à Soheïl[3] et à la Sahla, grâce à l'arrivée
B77 d'une beauté aux lèvres purpurines.

Oran n'a-t-il pas été à nous avec ses eaux
A34 *limpides, alors que les lèvres purpurines y*
excitaient l'admiration ?

---

(1) Mohammed ben Ahmed el-Abdari, surnommé el-
Mouaq, savant de Grenade.

(2) La bataille de las Navas de Tolosa.

(3) Comme on le voit, les vers 71, 72, 73 se retrouvent
avec de curieuses variantes dans la cacida A. Dans celle-
ci, ils s'appliquaient à Oran ; l'Oued Ibn el-Kheir est le
ruisseau d'Oran. Comm. A. Dans les cacida B et C, le
poète conserve la plupart des mots de ces vers, mais les

a35
B78

72. — N'avons-nous pas, grâce à Salma, régné pendant longtemps, sans conteste, sur Jàtiva ?

A55

N'avons-nous point reçu les faveurs de Salma, l'objet de notre amour, sur les bords du chemin de Kadima.

a36
B79

73. — N'avons-nous pas, sur les bords de l'Oued Jerez, versé le contenu des jarres dont on enterre le pied pour les conserver ?

A36

N'avons-nous pas, sur les bords de l'Oued ben el-Kheir, versé le contenu des jarres qu'on enterre par le pied pour les conserver ?

b80

74. — N'a-t-elle donc élevé la voix que dans l'assemblée des Fechtala[1] comme si les yeux de cette beauté (l'Espagne) étaient alanguis par le sommeil.

b85

75. — Une montagne s'est élevée entre nous et notre Péninsule ; les portes de la

---

applique à l'Espagne. Je crois qu'on doit les entendre ainsi : le poète entre dans la série banale des comparaisons avec le vin et les beautés de la femme, images symboliques de l'amour de Dieu et du Prophète. Il admirait vivement ce genre de comparaisons. Dès lors, l'arrivée d'une beauté aux lèvres purpurines, signifierait l'introduction de l'islamisme ; les réunions de buveurs de Carcassonne représenteraient les réunions de pieux docteurs de la foi.

Soheïla, village de la province de Malaga, patrie d'Abou'l Càcem 'Abd er-Rahman ben el-Khatib es-Soheïli, Comm. B et C. — La Sahla, province d'Albarracin.

(1) Les Fechtàla, tribu Çanhadjite.

guerre sainte ont été fermées à jamais pour nous.

76. — N'a-t-on pas compté dans nos villes de Belefique et d'Andarax des hommes éminents dans l'enseignement du culte du Dieu unique ?

b81

N'avons-nous pas, à Carcassonne, tenu des assemblées où nos jeunes serviteurs faisaient circuler les coupes ?

B82

ʿOmar[1] *n'a-t-il pas enseigné à Salobreña, où la science de la grammaire a été complètement effacée ?*

B83

Les Infidèles nous ont enlevé Castille, Silves et Zamora la prostituée.

B84

77. — L'Espagne n'a-t-elle pas été enveloppée dans notre puissance ? Avons-nous craint l'Angleterre et les Flamands ? (Litt. Anvers).

b86

Demandez à Purchena ce qu'il est advenu de « Barcos ». Voilà les héros de Fiñana qui sont tombés dans l'abaissement.

B87

78. — Maintenant voici qu'ils occupent sur nos rivages Ceuta, Melilla, Nakour et Bâdis*[1]*.

B88

---

(1) A'bou ʿAli ʿOmar, surnommé Chaloubin, le grand grammairien de Salobreña.

(1) Bàdis, Peñon de la Gomera (des R'omara).

79. — A l'exception de ces quatre places,
toutes les autres conquêtes qu'ils avaient
faites sur nous, telles que Agadir et les
ports qui l'entourent,

80. — furent reprises en totalité par
Mohammed et par son fils[1] qui purifièrent
le Soûs de ces infidèles.

81. — Dom Sebastien a été humilié à
l'Oued Mekhâzi ; Abou Merouân[2] lui a fait
goûter le trépas.

82. — Arich et Tanger, Mehdia et Bridja
ont été arrachées aux Portugais

83. — par les armes d'Ismaïl[3], puis par
celles de son petit-fils ; mais la lumière du
soleil s'est éclipsée à Ceuta.

84. — Dieu a mis Alger au pouvoir des
Turcs afin qu'ils combattent Oran, séjour
du polythéisme et de la trahison.

*Le pacha, fils de Khęir ed-Dîn l'a attaquée
le premier ; il a mis en perdition le fort qui
défend son port[4].*

B89
b90
B91
B92
B93
B94
B95

---

(1) Abou 'Abdallah Mohammed el-Câïm bi Amr Illah et
son fils Abou'l 'Abbàs Ahmed el-'Aradj, premiers cherifs
Saadiens 1512 à 1543.

(2) Abou Merouân 'Abd el-Malik ben Mohammed, sultan
Saadien 1776 à 1778.

(3) Mouley Abou Nâcer Ismaïl ben Mouley Cherif, sultan
Haçanide 1672 à 1727.

(4) Exagération poétique, puisque Hacen ben Kheir ed-
Dîn échoua devant Mers-el-Kébir en 1563. Cependant il
s'empara du fortin San-Miguel, qui dominait le fort principal.

B⁹⁶ 85. — Le pacha Ibrahim[1] vint l'attaquer au milieu du onzième siècle.

b⁹⁷ 86. — Il s'installa quelque temps sur l'Almeïda en inquiétant la ville, puis il revint sur ses pas à cause de la difficulté de l'entreprise.

a³⁸ b⁹⁸ 87. — A la fin du même siècle, Chabân le Zenagui l'assiégea[2], mais elle résista, Dieu sait avec quelle énergie.

a³⁹ B⁹⁹ 88. — L'armée nombreuse des musulmans foula cette terre et fit couler les larmes des habitants sans aucune exception.

A⁴⁰ B¹⁰⁰ 89. — Des combats terribles se livrèrent entre eux et se terminèrent par la mort de ce martyr.

a⁴¹ B¹⁰¹ 90. — Dans la douzième année qui suivit l'an 1100 (1700-1), Ismaïl[3] réunit contre Oran les contingents des parties les plus reculées du Soûs.

------

(1) Ce fut le premier, dit Bou-Ras, qui amena de l'artillerie sur l'Almeïda. Il y eut à Alger un pacha, Ibrahim, entre 1655 et 1658, ce qui correspond à peu près au milieu du XI⁰ siècle de l'hégire. Je n'ai trouvé nulle part trace de son expédition contre Oran, qui est cependant mentionnée dans les trois commentaires.

(2) Chabân, bey de Mazoùna, tué devant Oran en 1686.

(3) Moùley Ismaïl déjà nommé, (vers 83). Bou-Ras fait ici confusion de dates. L'expédition de 1700-1, dans la province d'Oran, eut lieu contre les Turcs. Celle contre les Espagnols avait eu lieu en 1693.

91. — Les habitants de Temesna, ceux des bords de la Moulouya, d'Oudjda, les Ma'quel et les Beni Yznacen.

B¹⁰²

92. — Il installa son matériel autour de la ville pour en pousser vigoureusement le siège ; mais il ne put trouver le moyen de la réduire.

A⁴² B¹⁰³

93. — Il s'installa quelque temps sur Heïdour en employant toutes sortes de stratagèmes ; il appela à son aide tout ce qui se trouvait à l'entour sur le territoire des Makhis[1].

A⁴³ B¹⁰⁴

94. — Mais l'astuce des défenseurs et la force de la place lassèrent sa valeur ; tel l'aigle des airs qui se défend par son élévation.

a44 B¹⁰⁵

95. — Il dit alors : C'est une vipère cachée sous un rocher ; elle peut nuire et personne ne peut lui faire de mal.

a45 B¹⁰⁶

96. — Les Chrétiens l'entourèrent de gardes attentifs ; ils entendaient le moindre bruit de quiconque s'approchait, comme si c'eût été un bruit violent.

97. — Quand Dieu eût résolu de ramener la foi à Oran, il suscita à Alger la lumière qui devait chasser les ténèbres,

a46 B¹⁰⁷

---

(1) C'est-à-dire sur le territoire à l'ouest d'Oran qui avait été occupé autrefois par la tribu Hilalienne des Makhis. Comm. A.

a47
b108

98. — Mohammed Bakdach, le plus bril-
lant des pachas de cette ville, qui s'est
élevé au-dessus de ses pareils par son
intelligence et sa bravoure.

B109

99. — Il équipa une flotte montée par
les Turcs qui débarquèrent à l'est d'Oran
sur son territoire desséché[1].

a48
B110

100. — Il nous amena par ce chemin des
canons et des mortiers, remplissant ainsi
les infidèles d'inquiétude.

a49
B111

101. — Ozen Hacen n'a pas cessé d'attaquer la ville, de même que le vigoureux et
intrépide Mostafa à la forte moustache[2].

A50
B112

102. — La ville fut prise de vive force en
l'an 19 (1708), après un séjour des infidèles
de 205 ans, pendant lesquels la religion
fut abaissée.

B113

103. — Après que la trahison et le
malheur se fussent succédé, la Sounna que
notre Seigneur avait imposée à la tribu
de Djâdis fut rétablie.

A51
B114

104. — Oran devint pour les hommes
comme un pâturage sûr, alors qu'auparra-
vant toutes les joies de la vie en avaient
disparu.

---

(1) A Arzew.

(2) Bou-Ras substitue à Bou-Chlâr'em, surnom habituel
de ce Bey, son synonime فايق pour la mesure du vers.

105. — Après avoir trébuché jadis, les pieds de l'islamisme se fixèrent à cette ville comme à un but assigné vers lequel il s'était élancé comme un cheval dans la carrière.

106. — C'est là l'ordre de Dieu ; c'est ainsi qu'il en avait décidé ; s'il avait voulu, ils ne l'auraient pas possédée un dixième de seconde.

107. — Après dix années, puis dix autres et puis quatre, ils revinrent à cette ville qui est la consolation des malheureux.

108. — Ils s'en emparèrent après de faibles combats ; la première fois ils l'avaient eûe par une trahison insigne.

109. — La seconde fois, ils l'ont achetée pour bien peu de chose. Comment une ville comme Oran peut-elle se vendre à vil prix ?

110. — Deux fois ils y sont venus et l'ont trouvée bien pourvue ; la promesse qui leur en a été faite n'a pas été longue à se réaliser.

111. — Ils ont été libres d'y vivre et d'y agir à l'aise ; elle était parée pour les Chrétiens comme une mariée pour son époux.

112. — Quel triste sort pour cette place livrée en pâture à l'infortune ; sa puissance s'est misérablement écroulée.

113. — Cette ville était le séjour de la science et de la foi ; le vol et le pillage se sont abattus sur elle comme ils avaient fait pour Calatrava[1].

a59
B123

114. — Les réunions funèbres de toutes nos femmes resplendissantes par leur beauté et leur parure devinrent pour l'ennemi comme des fêtes nuptiales.

a60
B122

115. — Les Chrétiens se sont partagé (puissent-ils ne pas les garder longtemps ![2]) les perles précieuses de nos trésors préservés avec soin de tous les regards (nos femmes).

a61

116. — Il y avait des jardins sur lesquels l'œil aimait à se reposer ; l'ancienne splendeur de leurs arbres contraste avec leur désolation actuelle.

a62

117. — Un chef Chrétien désigné par les décrets de Dieu en détruisit les splendeurs ; il passa bien des nuits dans l'insomnie en multipliant ses recherches.

118. — Depuis qu'il lui a fait la guerre, il s'est constamment occupé de la détruire ; il ne s'est pas laissé amollir par la paresse ou le sommeil.

---

(1) حصن ربيع en Espagne. Comm. C. Il est probable qu'il s'agit de Calatrava appelé ordinairement قلعة ربع

(2) Au moment où Bou-Ras écrivait, les Chrétiens ne possédaient plus Oran ; on ne s'explique donc pas pourquoi il forme ce souhait. Mais le Comm. C ne laisse aucun doute sur le sens.

B¹²⁴ **119.** — Oran a passé successivement de nos mains à celles de l'ennemi. Chaque fois qu'elle nous promettait quelque chose, c'est l'inverse qui arrivait.

A⁶³
B¹²⁵ **120.** — Enfin, dans sa mansuétude, Dieu nous la ramena, après un temps aussi long que l'âge d'une vieille fille[1].

a⁶⁴
B¹²⁶ **121.** — Quand celui qui est notre appui fut en possession du Mag'reb central, le soleil brilla, succédant aux épaisses ténèbres.

a⁶⁵ **122.** — C'est un prince dont les souverains imitent la conduite ; pour la religion et pour les choses de ce monde, on admire son gouvernement.

a⁶⁶
B¹²⁷ **123.** — C'est un roi victorieux ; s'il lançait un trait contre une étoile, il l'atteindrait ; s'il appelait le mont Dabil, celui-ci répondrait avec empressement à l'appel[2].

A⁶⁷ **124.** — C'est un héros magnanime ; ses vêtements sont l'énergie et la victoire ; son naturel est la douceur.

a⁶⁸ **125.** — Son royaume comprend celui des Beni Mendîl, qui s'étendit autrefois de l'Oued Oued Djer[3] jusqu'à Ténès.

---

(1) Après 63 ans, dit un des Commentaires.

(2) Vers copié presque littéralement sur un vers d'Ibn el-Abbar, cité dans le Comm. C.

(3) L'Oued Oued Djer est dans la Mitidja.

126. — Le royaume de Todjin est aussi sous son pouvoir, ainsi que l'antique Tlemcen aux solides fondations,

a69

127. — siège de la splendeur du trône de la famille de Yar'morâcen, ainsi que du royaume des fiers fils de l'Yfrinite Yala.

a70

128. — Son autorité s'étendit au-delà du pays de Cha'nb et de Moçab[1], à plusieurs journées de marche au-delà d'Abou Deres.

A71

129. — Il fit goûter l'indulgence et la paix à toutes les tribus qui virent ainsi succéder la sécurité à la ruine.

A72

130. — Mohammed ben Otmân, l'étoile de leur félicité, les mit à l'abri des souillures et des affronts[2].

A73

131. — Pendant treize années de son gouvernement, il fit pleuvoir sur les habitants d'Oran le malheur et la perdition.

a74

132. — Il garnit de cavaliers, de fantassins et d'un cordon de postes tous les lieux où ils pouvaient passer.

A75

133. — Des tolba combattirent vigoureusement et firent du mal aux Chrétiens; on ne doit pas les mesurer à la taille de Queïs ni de Beïhas[3].

a76

(1) Les Cha'nba et le Mzab.

(2) En 1785, le bey Mohammed avait fait une brillante expédition jusque dans le sud de la province d'Alger.

(3) Queïs ben Zoheir et Beïhas. Ce dernier était un Arabe célèbre par la vengeance qu'il tira du meurtre de ses frères.

134. — Ils firent revivre les traces disparues de leurs professeurs Ahmed, Mohammed et Ibn Yoûnes[1].

135. — En l'an 5 (1205-1791), une armée immense composée d'hommes énergiques et intrépides arriva sous ses murs avec son matériel.

136. — Le bey entoura la ville de batteries et de mortiers ; elle était au milieu d'eux comme un cercle de curieux.

137. — Peu s'en fallut que ses canons écrasassent ces montagnes ; c'était le roulement continu du tonnerre dans un nuage fulgurant.

138. — Tout ce qui est périssable finit ; mais les combats ne finissent pas pour lui ; on dirait qu'il dédaigne les vicissitudes du temps.

139. — La tête du corbeau blanchit d'effroi à la vue de ses combats ; mais le jour toujours obscurci (par la poudre) ne blanchit pas.

---

(1) Abou'l 'Abbas Ahmed ben Tàbet, cheikh de Tlemcen, mort en 1645. — Mohammed désignait dans le Comm. A le cheikh Mohammed ben 'Abd el-Kerim, mort au Touât, contemporain d'Ahmed baba, et par suite du sultan Ahmed ed-Dahabi (1578-1603). Dans le Comm. C, il est devenu le célèbre marabout marocain el 'Ayachi, tué en 1641. On raconte que dans la nuit qui suivit sa mort, sa tête coupée récitait encore le Coran.— Ibn Yoûnes, originaire de Sicile, commentateur de Sidi Khelil. — Ces trois personnages étaient à la fois des savants et des guerriers.

140. — L'obscurité était telle que quiconque approchait voyait noircir les blancheurs de son visage ; ce qui avait noirci ne redevenait plus blanc.

b130

141. — La poussière des chevaux, la fumée de la poudre, rappelaient la bataille de Halima et celle où Romanus[1] fut vaincu à Kordj.

a81

142. — Leur général était tremblant d'effroi devant les ravages du bey ; son cœur était rempli de crainte et de colère.

a82

Ces nouvelles volèrent dans le monde entier ; nous les apprîmes à Amdoudjât[2], au-delà de Gabès,

A83

à notre retour du pèlerinage. Quel bonheur, nous écriâmes-nous ! Pèlerinage un vendredi, guerre sainte ensuite.

A84

143. — Pendant plusieurs mois la guerre eût des chances diverses ; l'étoile du bey, en se levant, plongea l'ennemi dans le malheur.

a86

144. — Après des négociations, ils demandèrent la paix et obtinrent l'*amân* pour leurs biens et leurs personnes.

---

(1) Romain IV, dit Diogène, empereur d'Orient (1070), vaincu par le Seldjouquide Alp Arslân.

(2) Amdoudjât, île de la Méditerranée, Comm. A. Probablement Lampédusa.

145. — Leur séjour dans cette, place avait duré 63 ans ; de toute éternité, ce laps avait été écrit sur les feuillets du destin.

a88

146. — Ils détruisirent leurs maisons de leurs propres mains[1] ; que cela vous serve de leçon, ô hommes clairvoyants et au sens droit.

a89

147. — Avant eux les Benou Nadir avaient agi de même, comme le dit la sourat Hacher[2] ; comment les Chrétiens peuvent-ils imiter l'action des Juifs.

a89

148. — Ils ont abouti à la destruction complète en suivant l'exemple de ce qui était arrivé à Djerba et à Tunis.

a85

149. — Les Chrétiens d'Oran ont laissé leur ville en ruines ; louange à Dieu qui nous a mis à l'abri des surprises[3].

a91

---

(1) Après la reddition d'Oran, un grand incendie éclata dans la ville ; le Commandant de Santa-Cruz, croyant que c'était le résultat d'un ordre du Gouverneur pour la destruction des approvisionnements, contrairement à la capitulation, fit mettre le feu dans son fort. Le Gouverneur l'avait fait arrêter ; mais le bey Mohammed ayant connu les circonstances de cet incident, demanda et obtint la grâce de cet officier.

(2) Coran LIX, 2.

(3) Les Musulmans, en voyant l'incendie, redoutaient des explosions de mines.

a92   150. — Grâce à Abou - Otmân et à Otmân[1] qui nous ont rendu de quoi nous consoler de la perte de l'Espagne.

A93   151. — Dieu a lancé notre prince contre les Chrétiens, comme pourrait être lancée une flèche sans le secours d'un arc.

152. — Il avait établi autour des ennemis toutes sortes d'embûches, en employant la ruse, l'astuce, les explorateurs et les espions.

a94   153. — Il a purifié la forteresse de leur immense souillure. Ces hommes ignobles ont été humiliés et renversés.

154. — Grâce au culte du Dieu unique, la contrée d'Oran s'est élevée sur ses coteaux purifiés du polythéisme[2].

155. — Grâce à l'homme fortuné qui n'a pas son égal, grâce à cette vaste intelligence qui me dispense d'en dire plus long.

A95   156. — Grâce à celui qui a pris pour manteau la décision et l'audace ; quand il a appliqué le remède, aucune rechûte n'est à craindre.

A96   157. — Il a effacé les blasphèmes écrits par les partisans de l'incarnation : il a affermi le culte du Dieu unique qui est devenu éternel comme un habous.

---

(1) Le bey et son fils Otmàn.

(2) حبيس mélange de lait caillé et de dattes. C'est ici un symbole pour représenter le polythéisme.

158. — Le Merdjadjou et les autres forts n'ont pu préserver Oran, pas plus que ses troupes couvertes de cuirasses et de bou-cliers.

b131

159. — Le Bey s'est élevé à une hauteur d'où il peut discerner le vrai du faux : le Gouverneur d'Oran a été abaissé dans la confusion.

a97

160. — Il n'est pas étonnant que le Bey soit arrivé à une grandeur que personne autre n'a atteinte, car son origine elle-même était entourée de grandeur.

A98

161. — Parmi ses aïeux, il y avait des émirs et des chefs ; leurs racines ne se sont jamais desséchées.

A99

162. — Règne longtemps sur le pays dont tu es chargé ; la terre de ton bonheur est verdoyante et tendre.

a100

163. — Il a chassé l'avarice et la dis-corde ; il les a changées en générosité et bonne harmonie.

164. — Tandis que le culte du Dieu uni-que entrait souriant et gai dans la ville, la trinité la quittait dans la confusion.

a101

165. — Les mécréants l'avaient telle-ment maltraitée que le regard attristé n'y voyait plus un ami.

A102

166. — Nos mosquées ont été relevées et les églises détruites ; notre appel à la vraie prière a fait taire les cloches.

A103

167. — Suivant le dire menteur de leurs évêques, Dieu avait donné une éternelle durée à leurs écoles qui ne devaient jamais disparaître.

168. — Le sublime islamisme a fait disparaître tous les emblèmes qui étaient à Oran ; bon ou mauvais, il a tout chassé.

169. — La voilà florissante ! Ses campagnes sont parfumées ; ses vêtements aux riches couleurs sont teints avec le wars.

170. — Le danger caché des filets du polythéisme n'existe plus ; l'infidélité s'est enfoncée dans les profondeurs du tombeau.

171. — Le maître des mondes a rendu Oran florissante ; le flambeau de l'Islam y brille comme une flamme ardente.

172. — Après un long silence, elle a proclamé l'unité de Dieu ; elle n'est plus affligée de surdité ni de mutisme.

173. — Toute glorieuse de notre émir Mohammed, elle s'avance en s'inclinant et balançant gracieusement ses hanches.

174. — Quant à lui, son éclat est celui d'un jour frais et pur ; à la tête de son armée, il semble la lune entourée de son halo[1].

____

(1) Au goût de Bou-Ras, ce vers est un des plus beaux qu'il fut possible de faire en l'honneur du bey.

175. — Ses étendards planent dans l'air comme des aigles ; autour d'eux sont les lances qui les défendent comme des flammes ardentes.

176. — Dans l'avenir, la fortune lui sourira toujours, de même que son étoile brillera toujours sans s'éteindre.

177. — Tout lui obéit et suit ses désirs ; le bonheur est attaché à son étendard comme la feuille de papier à la main qui écrit.

178. — Grâce à l'aide du très saint Maître (Allah), notre entrée eût lieu le lundi matin, cinquième jour de redjeb l'unique

179. — de la sixième année du treizième siècle. Louanges à notre Créateur ! Que la plus pure des bénédictions soit sur le Prophète pur de toute souillure[1].

180. — Que Gabriel l'abreuve à la source du Fardoûs, à l'aide d'un vase d'or dont le fond exhale le parfum d'un vin exquis[2].

181. — Ainsi que ses compagnons que nous ne pourrions payer, eussions-nous un volume d'or comme la colline de Ohod, ou même cinq fois plus.

---

(1) Abou-Bekr a dit que le Prophète était tellement pur que ses vêtements n'étaient jamais sales ; les mouches ne se posaient pas sur lui ; les personnes et les choses se parfumaient à son contact. Comm. C.

(2) Allusion au Coran xxxiii, 26, Comm. C.

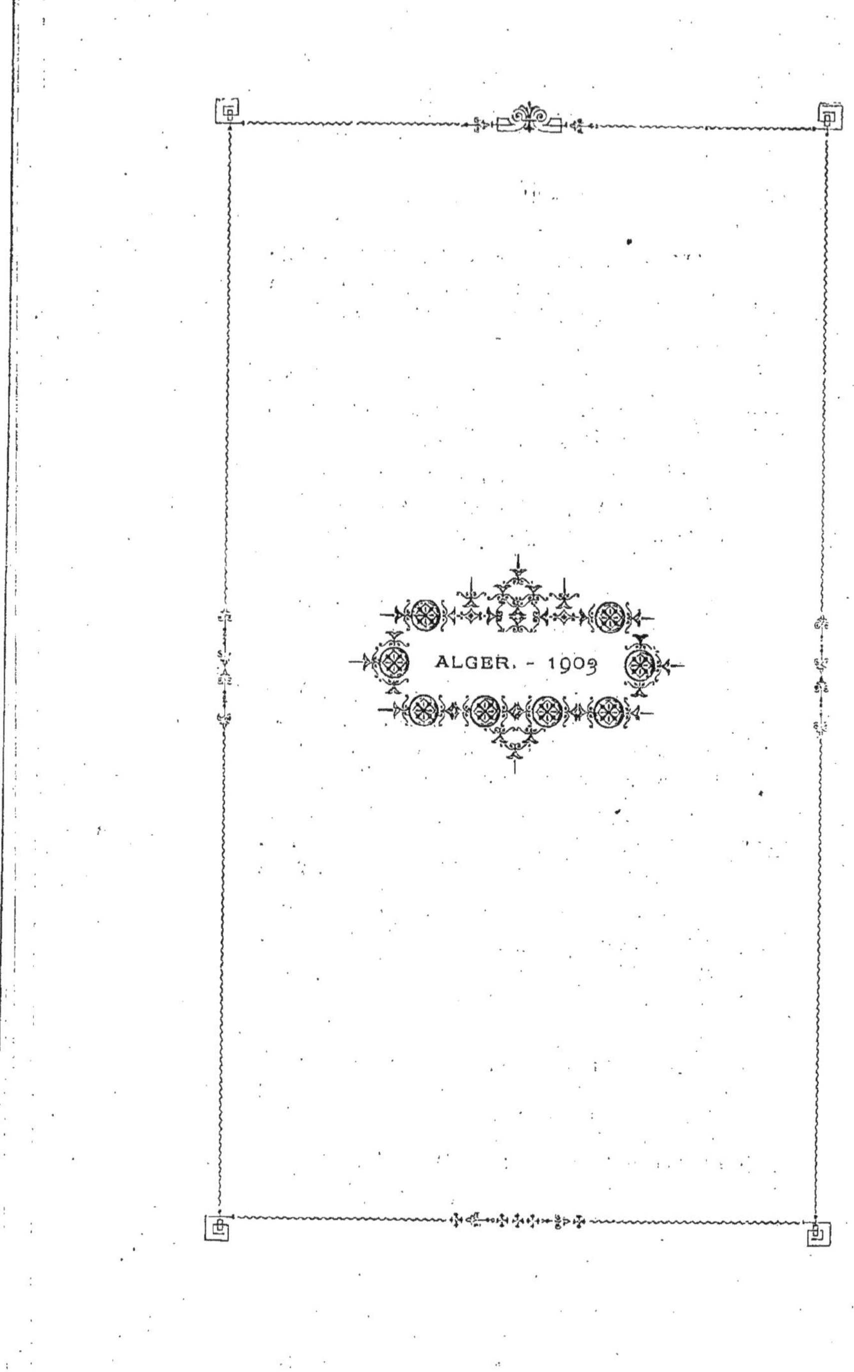

ALGER. - 1903

رحلة المعشي

حول مدن الجزائر الأندلسية

للشيخ محمد أبي رأس الناصري

مع ترجمها الفرنسوية وتعليقها

الجنرال نور محمد

طبعه مطبعة بوريطانا في الجزائر
١٣٢٠
١٩٠٦

الحلل السندسية

فى شان وهران واكزيرة الاندلسية

للشيخ محمد ابى راس الناصرى

مع ترجمتها الفرنسوية وتعليفها

للجنرال بوربيقى

طبع بمطبعة بيير فونطانا فى الجزائر
١٣٢٠
سنة
١٩٠٣

الحلل السندسية

في شأن وهران والجزيرة الاندلسية

١ طيب الرياح جميع ارض الله جسمى
وبشـــرى البكم مع الجـــن ولانـــس

٢ المشرق الاقصى مـع افصى مغربنـا
والجـوب والضـد والاشجـار ولاودس

٣ طوامى لابحـر واهـل جزائـرهـا
بفتح وهران دار الشـرك والومـس

٤ وحدثيهـم بــويــلات لنــا سلبـت
بطـال مـا رمـت الاسـلام بالتعـس

٥ وبردّ ربّنا الكرّة عليها لنـا
فضينا دينا منها فد كان بى تنس

٦ بجهبذ شمّر للحرب ميزارا
بحلل النصر ومرتدى بالرجس

٧ بكت عن جانب طرف عوافبها
لم يستنشر لا السيف وفنا الدعس

٨ هو محمد الباى لا رانجد من
علا على مفرف الجوزا والكنس

٩ لم يثنى عن رجآ غير مبتسم
حتى يزاوله بالسيف والبرس

١٠ فاد المفانب للجهاد رايدها
يبغى كبـاح ذوى التثليث والنفس

١١ جند عرمرم لا شيء يفوم لـه
يضيق عنه وضا الاثـلاث والمـجس

---

١٢ حتى اقــام علــى اربـاض وهــران لا
تحصى عسـاكـره بالعد والحــدس

١٣, مـن كل فــرم الى كحـم العـدا فــرم
ليس بــذى وـرق منهـم ولا بنـس

١٤, والصفر لم يفس باكحـرئب المصيـد لـم
ولا يـفـاس طويــل الباع بالاحبس

١٥ ملا هنيا لـم التمكـيـن ساحنـهـا
سلاهبا تعدو فى لاوعر كالوعـس

١٦ وفــام فيهـا بامـر الله منـتـصــرا
كالصرام اهتز او كجود منبجـس

١٧. بنتهـا مغـــراوة باذن مواليهـم
لامــويـيـن امـرا لاندلـس

١٨ ثالث فرن خزر منهـم فـد اسسها
وملككهـم فى غايـة العز والشمـس

VERS 14. — Le mot خـرب a reçu un djezm à cause de de la mesure du vers. Comm. B. — الاحبس synonyme de قصير Comm. B et C.

١٩ سنة ست مــن رابــع ازاحمــهم

من ذلك الثغر ازداجة مع عيــس

٢٠ ثـم ازالهــم ايضـا يوسـف وعلـى

كـما ازالهـم قبـل عـن ارض فاس

٢١ موحدون اتـوا مـن بعـد ذا وعلـوا

استحوذوا عليها بنـى وسط السـادس

٢٢ كانت من احسـن مُغفِل عمالتـهـم

وامتنعت عـن اخرهـم ابـى دبس

٢٣ ثمَّت ال زيـان سلـك ملكهـم

فد دخلـت وامتـد لهـم الى دلس

٢٤ بـى وفتهـم كـان فطبها وعالها

محمـد ذو المقـدار الفـدم اكحجـس

٢٥ خلبـه مـن بعـد موتـه تلميـذه

ابراهيـم الـذى كان يسمـو برجس

VERS 23. — On écrit quelquefois ثمَّت au lieu de ثمَّ mais Bou-Ras a écrit ثمَّت pour faire trois syllabes.. Comm. C.

٢٦ واتت له لما حج اهل مشرفنا

بل افصى ذاك كاهل طوس مع فومس.

٢٧ جلب ماء اليها فيه منبعة

لذلك الثغر بابدع مقتبس

٢٨ ثامن فرن قد امرها المرينى ابو

حسن تمت بيعة طرابلس

٢٩ بنا بها لاجر وبعاف كل بناء

ثم بنا الثانى حذو سبن المورس.

٣٠ خامس عشر من عاشر انانح بها

لاشبانيون اهل الشرك والرجس.

٣١ حجاقل الكبر قد حموا جوانبها

وعن دباعهم عجز ابو فلمس.

٣٢ وعاش دُكَ ببطحتنيهنا مجتنبسا

على لايمان ولم يبل بمعترس،

٣٣ ورج ارجاها لما احاط بها

وابدلت شم اعلامها بالعطس.

٣٤ وشحنت بخنزيرهم وصلبانهم
مواضع لا ايمان بها ذو توس

٣٥ كم تليت بها من اية محكمة
وبعد طهرها فد مليت بالنجس

٣٦ كانها ما حوت شمسا ولا قمرا
لم يدر فى الناس والعالى فى الندس

نظير ما فعل نبل بملطية
عقب بالذل والصغار والوكس

٣٧ خلا لـه الجو وامتدت يداه الى
ادراك ما لم تنل رجلاه مختلس

٣٨ عمرها بعدنا بخبث مالفه
شناطيظ كاليعابرة والنيس

٣٩ وسار سيرته فينا من اعقبهم
وكلهم مقتبى ارغون وابرانس

٤٠ فى اخذهم سردانية ودانية
بلرم مازرة جزر جليانس

VERS 40. — Bou Ras écrit toujours يلدم : voir la note de la traduction.

٤١ / فطان كرطجان ثم بلنسية

مدينة معتصم بها وبطليس

٤٢ لوشة بلشت وزد لها بسطمت

وشنتريــن اشترى منا بالبخس

يابسة يبست وادمثها ششنت

فاذهب الكبر ما بها من ملس

٤٣ مرفنا من يابسة مع ميورفت

يا ليتنا يحي ات لها من فابس

بجانة وواد الحجار فد حجرا

عن الغسانية والتى كابن اس

٤٤ طريبة دمير الردى تملكها

فلم تدم لابن اوطس ولا اوطس

٤٥ اها على حمص اكسنا وفرطبة

صارت بها اضرحة البضل فى طمس

VERS 41. — فطان pour فطلان Comm. B.

VERS 43. — Il semblerait tout naturel d'employer ci-dessus le verbe مرفة qui donne un sens très naturel. Mais Bou-Ras a employé مرفنا *nous nous sommes écartés comme une flèche qui manque le but ;* il l'explique dans son Commentaire. C'est évidemment pour jouer sur le radical مرف qui se trouve dans ميورفة

كان لم يصرخ فاسم فى رصعتها

زاد اكتاب البها رصعا فى النفس

٤٦ بياش فمرش أُبدّ ثم طرطوشة

اشبون ابراغ وفرمون مع فادس

شدونة مدرور بطشانية

بلكونة فرطش عين الدين فى خنس

٤٧ اخضرآ واحمرآ وفورة عفبانية

وجبل الفتح فد صار للانجلس

٤٨ ووادِ آس ونهر اسوك فد مُنيا

فتلا ويسنبيا وشستر واندريس

طنخارش بطرزج يا بئس ما فعلا

ككورة اشكدونية وبجانس

٤٩ فد بز ابن مالك من جيانته

كذا على وبر نحوى الحمس

٥٠ وابن ملكت بنى عباد يا اسفى

كانوا يظنون ان ليس بمندرس

واين نجل زيدون ومصيصهم
وابن نجل عمار كابى نواس

٥١ من بعد غلبنا بارك وزلاقة
وغير موطن مزنا بعد فى التعس

٥٢ مذ غاب يوسف ويعقوب اجتزت
هنا زعنيب جليفة واكحيس

رميمة وبرطانية ثم انجيجة
بحصب برشترة لجند اردملس

٥٣ لترجالة وجلمانية انبسطت
يد جليفة بعد القبض من خبس

٥٤ من لى بغزوة تجلى الكرب يا اسفى
كغزوة النصرى الناصر المرينى او حبس

صلاح اصلح الدين من فذاذته
ونوره شجوبى حلف ابرنس

٥٥ ما لمت ملوكنا كصيص رحلتهم
واكلونا كاكل الداجن العلس

٥٦ واعرضوا عن جهاد الكبر باطنة

حتى ارتمت مصرنا العظمى بمرمس

٥٧ يا ليت جند كجند العابدى لنا

لا يحصى من ذا يعد وئبة العدس

فيا لابرار للجبار وبجسرنا

ورولة وارجون مع باجة اندلس

٥٨ كانت جزيرة الاندلس طيبة

عادت بفدر العوافى افبح الضبس

٥٩ وركدت ريح النصر فى مواطنها

لما جرى بين املاكها من شخس

٦٠ ☓ عدة احفاب وهم بى مناقسة

لذا تعدى ملوك الصفر اندلس

٦١ بموت نجل ابى زيد واضرابه

وفتى عامر اجترا كالشبس

٦٢ يا حسرة لمعالم لا يمان بها

بصارت مدته كسنة الكبس

٦٢ اخذ منا روندة مالطة
زعانيب الوثن ذو الفيح واكجس

٦٤ زاهرة والزهرآ مرد سرفسطة
فسطلة ورباح آل للبخس

٦٥ ودمر الفنش تدمر ومرسية
ذافت مذاق ذى اللام من اهل البرس

سجونة شجوها شجى الايمان بها
فلالش افليش وشفة والبير فى الركس

٦٦ طليطلة هى باكورة فتحهم
من الهوارى رجعت لادوينس

٦٧ اخر ذلك غرناطة حل بها
ما لافت شفرة من الويل والركس

VERS 63. — Le Com. C indique la prononciation مالطة nécessaire pour le mètre. Néanmoins cet hémistiche est incomplet. Il l'est également dans B où on lit : اخذوا روندة لبلى ومالطة. Il faudrait probablement combiner les deux et lire :

اخذ منا روندة لبلى ومائطة

٦٨ مـن بعد عـز بنـي نصـر وموافهـا
طاغيـة ينـظـرهـم نـظـر الشــوس

بـلا بـلاى بـلا تفـشى اليه بـلا
اربـول بلبونة وفصـره فى البلـس

٦٩ يا شـرمـا جنـت بفعـة العفـاب
بهـا سـارت عوافـب فطر اندلـس

٧٠ طريـبـة اطـرفنهم بمـا اوهنـنا
بـد الجزيـرة صارت منـا فى ايـس

٧١ كانمـا مـا تفضت بسهيـلٌ لنـا
وسهلـت بالـمـام شهـى اللـعـس

كانما ما تفضت بالعذيب لنـا
بمعسول اللمـا زاق شهى اللعـس

٧٢ ولا فضينا على اكـنـاب شاطـبـة
بوصـل سلمـى زمنـا غيـر منعبـس

ولا فضيـنـا على اطـراف كاظمـة
بوصل سلمـى زمنـا غيـر منعبـس

٧٣ ولا سبجنـا عـلى واد شريـش دمـا

من منحر الـدن اذ يحيـي ويرتمـس

ولا سبجنـا على واد بن الخيـر دمـا

من منحر الدن اذ يحيـي ويرتمـس

٧٤ ولا شادت غيـر بنـادى بشتـالـة

كان بى اجبانـها سنـة النـعـس

٧٥ اجبـل بيـنـنـا وبيـن جزيرتـنـا

وسـدت ابـواب غزوهـا لُمُلتـمـس

٧٦ ولا عـدت جيـاد بحمـص بلـيفنـا

واندرشنـا مـن النوجيـد منـدرس

ولـم نعمّـر نواد بقرفشـون لـنـا

تُدير غلمانـها عليهـم بالكـوس

ولـم يـدرس عمـر بشلبونتـنـا

بالنحو صاربـهـا بى غايـة الـدرس

فخربـت مـا ذكر لنـا فشتـالـة

وشاليـب وسـمـورة ذوو الومـس

٧٧ كانها لـم تـكـن طـوى بفبضننا

ورعبـنـا فـد فلاتـيـرة واندرس

برشانة فسلها عن صنع بركشنا

وهاهم فتيان فتيانه فى البنحس

٧٨ هاهـم الى الان بسبتة بعدوتنا

وملنيلة ونكور مع بادس

٧٩ وما سوى ذلك مما اخذوه لنا

ككادر وما حوله من الموس

٨٠ محمد وابنه رداه فاطبة

وطهرت بـم منهـم ارض سوس

٨١ وبستيان اخرى بالمخازى لفد

من ابى مروان ابتلى بالنعس

٨٢ عرائش وطنجة ثم مهدية

بريجة اخذتا من ادابرفس

٨٣ بحرب اسماعيل ثم جرها حابده

وكسبت بسبتة اضواء الشمس

٨٤ وفيض الله لاتراكن بمزغنة

حرب وهران دار الشرك والالس

غزاها الباشا ابن خير الدين اولهم

وبرج مرساها قد رماه بالتعس

٨٥ اتاها باشا ابراهيم وسط حاد

من الفرون من بعد الب للوطس

٨٦ فام بالمائدة حيث يزاولها

ثم فبى درجه من فتحها ايس

٨٧ اخره شعبان الزناكى حاصرها

فامتنعت وشمست ايما شمس

٨٨ اوطى البليف الجرار لا راضها

به همت دموعهم ومن زكى وخس

٨٩ دارت حروب عظام بينهم فذ اتى

اخر امرها باستشهاده النفس

٩٠ وبعد السب ومائة فى نفط يب

جهز اسماعيل لها افاصى سوس

VERS 88. — اوطى dans les deux manuscrits C et B,
mais la mesure du vers exigerait أَوْطَأ.

٩١ واهـل تمسنـى الى اهـل ملويـنـة
ووجـدة ومعفـل وبـنـى يـزنـس

٩٢ بحـط كلكلـه حولهـا معتزمـا
على النزال ولـم يجـد محـل بـس

٩٣ فـام بهيدورا ايـامـا يحـتـال لهـا
فد استعـان بمـا حولهـا من مخـس

٩٤ اعينـه حيلتـهـا حزمـا ومنعـتـهـا
عفـاب جو فد ارتقى عـن الحـرس

٩٥ وفال هـذه افعى تحـت صخرتهـا
تضر لا الضر ياتـى لهـا مـن انـس

٩٦ فد حلفت بجروس مـن غير غافلـة
بل يسمعون حسيس لاتى كاكسس

٩٧ لمـا اراد الله عـوَد لايـمـان لـهـا
افـام بالجزائـر مذهـب الـدمـس

٩٨ محـد باكداش اضحى باشتـنـا
فد بافى لاكبابى الدهـا والدعـس

٩٩ جهز اجفنا بالاتراك مشحنة

وفى شرفها نزلوا فى برها اليبس

١٠٠ مدافعا وعرادات اتانا بها

اضحى لذلك حزب الكفر منبئس

١٠١ فكل حين أزن حسن يزاولها

وفائق مصطفى ذو الباس والبرس

١٠٢ وفتحت عنوة فى تسع عاشرة

من بعد سكنى ره والدين فى وكس

١٠٣ عاقبة الغدر للبوار قد فررت

سنة ربنا قد سنها فى جدس

١٠٤ اضحت مرتع امن للانام وقد

كانت بها طيبات الانس فى دنس

١٠٥ فدمه بعد عشر استفل بها

بغاية حددت كالعدو للبرس

١٠٦ حكم الاله كما قد ترى قدره

لو شآ ما ملكوها عشر النبس

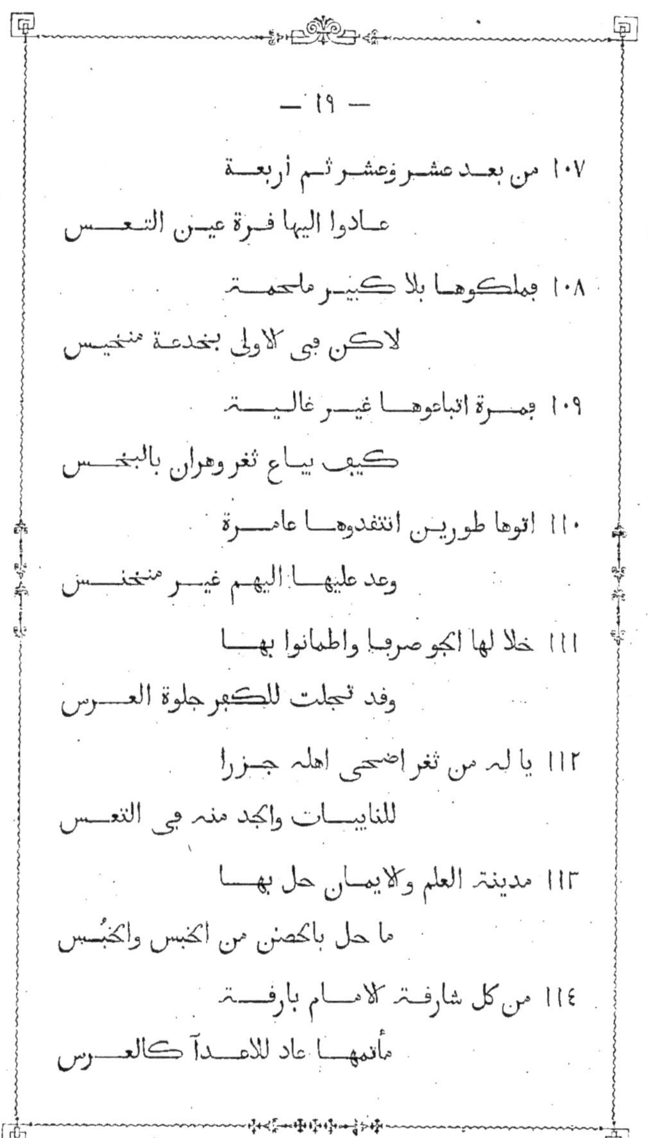

١٠٧ من بعد عشر وعشر ثم أربعة

عـادوا اليها فرة عيـن التعس

١٠٨ فملكوهـا بلا كبيـر ملحمـة

لكن فى الاولى بخدعة منخيس

١٠٩ بمـرة اتباعوهـا غيـر غاليـة

كيف يباع ثغر وهران بالبخس

١١٠ اتوها طورين انتقدوها عامـرة

وعد عليهـا اليهـم غيـر منخنس

١١١ خلا لها اجو صرفا واطمانوا بهـا

وفد تجلت للكبر جلوة العرس

١١٢ يا لله من ثغر اضحى اهله جـزرا

للنايبــات واجد منه فى التعـس

١١٣ مدينة العلم والايمـان حل بهـا

ما حل باكصن من اكبس واكبُس

١١٤ من كل شارقة لامـام بارقـة

مانمهـا عاد للاعـدآ كالعـرس

١١٥ تقاسم الروم لا نالت مقاسمهم
غرعفايلها المحجوبة النفس

١١٦ كانت حدائق للاحداق مونقة
بصرح النصر فى الادواح بالدحس

١١٧ من محاسنها طغى اتيح لها
اكتحل بالسهر لها مكثر الحوس

١١٨ ما سها عن هضها حينا قد حربها
ولا تكسر فى النوانى والنعس

١١٩ صارت تدور لنا طورا واعداينا
وكلما وعدتنا فهو فى ركس

١٢٠ حتى تداركها الله برافتـه
من بعد ما مضى لها مدة العنس

١٢١ بتفليد المغرب الوسط لعمدتنا
اضاء شمسه بعد حالك الغلس

١٢٢ ملك تفلدت لاملاكى سيرتـه
دينا ودنيا تراه محسن اليس

١٢٢ مويـد لورمى نجمـا لاثبتـــم

ولو دعى دبلا لبى ومــا احتبـس

١٢٤ شهم همام بحـزم الملك متـــزر

ومرتد النصر وبى الحلم ذو طخـس

١٢٥ وملك أل منديل تحت سلطانه

فد كان مذ من واجر الى تنــس

١٢٦ كذاك ملك تجين بى ايّالته

كذا الجـــدار الفديم المتفن لاسس

١٢٧ ملك لأل يغمـور فيه نصرتهــم

كذا ملك بنى يعالَى لاوربنى الروس

١٢٨ لشعنب ومصاب مدت طاعتـــم

على مصافات شتى من ابى ضـرس

١٢٩ ومهـــد الكل برخـــص وعافيـــة

فد امنوا كلهم عوافـــب البلـس

١٣٠ محمد بن عثمـــان نجم سعدهـــم

رصد من كلب يصمى ومن سجــس

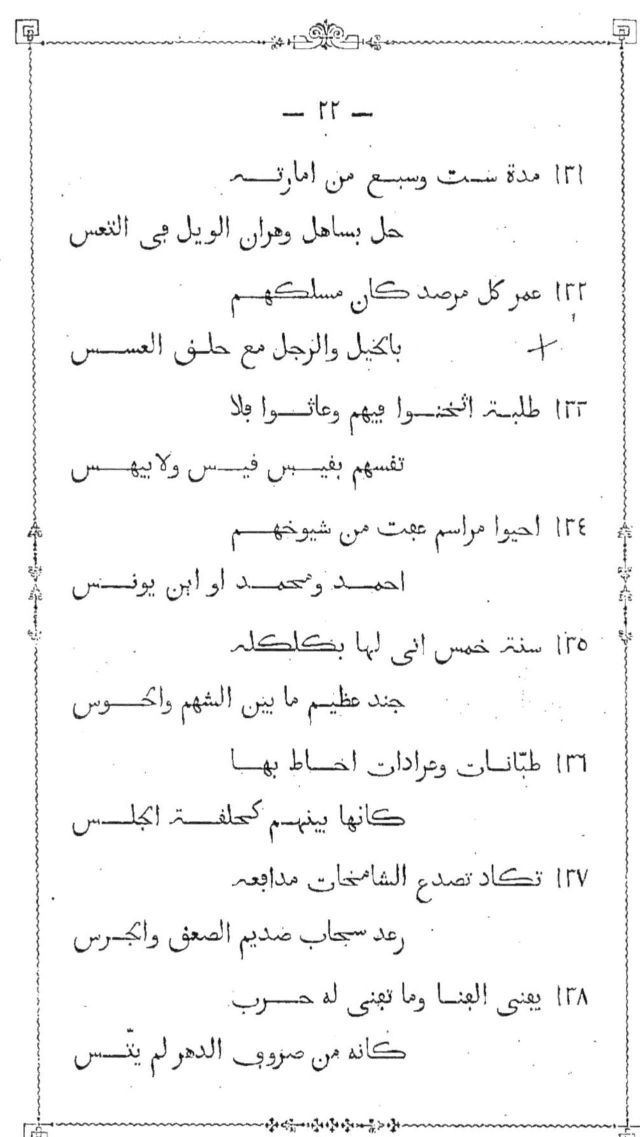

١٢١ مدة ست وسبع من امارتــه

حل بساحل وهران الويل فى النعس

١٢٢ عمر كل مرصد كان مسلكهم

باخيل والرجل مع حلق العسس

١٢٣ طلبة اتخذوا فيهم وعاثوا فلا

تفسهم بفيس فيس ولا بيهس

١٢٤ احيوا مراسم عبت من شيوخهم

احمد ومحمد او ابن يونس

١٢٥ سنة خمس انى لها بكلكله

جند عظيم ما بين الشهم واكوس

١٢٦ طبّانات وعرادات احاط بها

كانها بينهم كحلفة الجلس

١٢٧ تكاد تصدع الشامخات مدافعه

رعد سحاب عديم الصعف واجرس

١٢٨ يفنى الفنا وما يفنى له حرب

كانه من صروب الدهر لم ينس

١٣٩ يشيب من حربه راس الغراب ولا

يشيـب راس نهار دائـم الغلـس

١٤٠ يسوّد مبيض وجهـه من جـاه ولا

يبيّض مسوّده من شـد الدمـس

١٤١ بنبـع خيلـه ودخـان بارودـه

يوم حليمـة او كرج لارمانيّـس

١٤٢ فحار بطريفهـا من باسه ورفـا

وقلبه مملو بالرعـب والوجـس

اخبارها قد طارت فى الارض قاطبة

لاقينا فى امدوجات من ورا فابـس

اوبة حجنا فقلنا هنئـا لنـا

وصلنـا حج الجمع بالجهاد النبـس

١٤٣ عدة اشهـر الحـرب يساجلنـا

طالع سعـد لـه عليهـم بالنحـس

١٤٤ فطلبوا السلم من بعـد مراوضـة

فاعطوا الامان على الامنع والنبـس

١٤٥ وكانت مدتهم فى هذه كسج
جرى بذلك القلم فدما فى الطرس

١٤٦ هم يخربون بيوتهم بايديهم
فاعتبروا يا ذوى الابصار والنبس

١٤٧ بنو النظير فى الحشر سبقوهم بذا
فكيف بالروم يفعل اليهود تس

١٤٨ اعقب سعيهم اكخسران واتبعوا
فى ذاك ما مضى بجربة او تونس

١٤٩ نصرى وهران تركوها غامرة
بالحمد لله امنا من الهجس

١٥٠ بابى عثمان وعثمان فد رجعا
الينا ما يسلى من ارض اندلس

١٥١ رماهم الله بالملك اميرنا
رمية سهم اتتهم على غير فس

١٥٢ افقام احوالا للاعداء منوعة
بالمكر والكيد والانفاض والدسس

١٥٣ بطهر الثغر منهـــم اعظم نجـــس
وذو خبائث مع البحـش والكبــــس

١٥٤ فصار بالتوحيد تعلـوا اباطحـــــم
على الربـــا النفيــة من الحسيـس

١٥٥ بذى السعادات الذى لايفاس به
وذى الذها اكم يغنيك عن النبــس

١٥٦ بماضى الحـــزم ولافدام منـزرا
ان عالج الداء كان غير منتكـس

١٥٧ محى الذى كتب التجسيم من ظلم
واثبت التوحيـد ودام كالحبــس

١٥٨ لم يغن عنــه مرجاجه واضرابــم
ولا الجيوش ذوى اليلب والتـــرس

١٥٩ امس على الربع للتميـز منتصبـا
عن خبص عاملها حـالا من ملتبـس

١٦٠ لا غَرْوَ ان نال مجدا ليس يدركـم
سواه اذ عروم بى المجـد منغمـس

١٦١ ان لامارة كانت ولايتــه فى
اسلافـه عرفهـا مخضـر لم يبـس

١٦٢ دم فى تصروف ما اوليتــه ابـدا
وارض سعدك بين الخصب والدهس

١٦٣ فرع من هو ذو نكس وذو الفـس
وانبعث الكل للنــداء والعــدس

١٦٤ مدينة حلهـا التوحيـد مبتسمـا
جذلان وارتحل التثليث فى بـاس

١٦٥ من بعـد ما صيرهـا العائيون بهـا
يستوحش الطروب ما انس من انس

١٦٦ شيدت مساجدنـا وهضمت يبعـا
اذاننا اكفى قد بطــش باجــرس

١٦٧ ابدلهـا الله ببسـرى اسفـابنـم
مداربــا ما لهـا للعلــم مـن درس

١٦٨ وغيـر لاسـلام العـالى معـالمـها
واذهب اللين من ذلـك كالشــرس

١٦٩ ما هى فد غضت وطابت جوانبها

وثوب وشيها فد صبـــغ بالـــورس

١٧٠ حبائل الشرك لا تخفى غوابلهـــا

فد فبر الـكبر بى اغامف الرمـــس

١٧١ فبد سفاها لاه العالميـــن حيـا

منار لاسلام ضـــاء بها كالفبـــس

١٧٢ فاهت بعرد المولى من بعد بكمتها

ما بها من صم يـــرى ولا خـــرس

١٧٣ زهـت بامیرنـــا محمد وغـــدت

تميـل اعطاوهـــا من شدة البهـــس

١٧٤ ببدى النهار به من ضوئم شنبـا

كهالة البدر ان ركب بى الحمـس

١٧٥ اعلامه كعفبـــان الجو حائمـــة

يحف من حولها شهب الفنا حـــرس

١٧٦ ما زال حظـه للافبـــال منتبهـا

ككوكب سعده ضاء غير منطمس

١٧٧ حيث المنا كان طوعه وتابعـــــه
سعد السعود برايتـــــه كــالطـــرس

١٧٨ فى خامس البرد اضحى يوم اثنينـه
كان الدخول بعون المالك القدس

١٧٩ سنة ست ثم الحمـــــد لمخالفنــــا
ما زكى الصلاة على المنفى من الرجس

١٨٠ باناء ابريــــز ختم من رحيـــــب
جبرايل اعطيـــه من نهر الفـــردس

١٨١ وصحبه الذين احد لو كان لنــا
لم يبق بالمد لهم بـــل ولا الخمـــس

www.ingramcontent.com/pod-product-compliance
Ingram Content Group UK Ltd.
Pitfield, Milton Keynes, MK11 3LW, UK
UKHW020024100726
13658UKWH00003B/1101